FEDER UND SCHWERT

Rainer Maria Rilke

copyright © 2023 Culturea éditions
Herausgeber: Culturea (34, Hérault)
Druck: BOD - In de Tarpen 42, Norderstedt (Deutschland)
Website: http://culturea.fr
Kontakt: infos@culturea.fr
ISBN:9791041939473
Veröffentlichungsdatum: FEBRUAR 2023
Layout und Design: https://reedsy.com/
Dieses Buch wurde mit der Schriftart Bauer Bodoni gesetzt.

ER WIRT MIR GEBEN

FEDER UND SCHWERT

Ein Dialog

In der Ecke eines Zimmers stand ein Schwert. Die helle, stählerne Fläche seiner Klinge erglänzte, vom Strahle der Sonne berührt, in rötlichem Scheine. Stolz hielt das Schwert Umschau im Zimmer; es sah, daß alles sich an seinem Glasten weidete. Alles? – Nicht doch! Dort auf dem Tische lag, müßig an ein Tintenfaß gelehnt, eine Feder, der es nicht im mindesten einfiel sich vor der glitzernden Majestät jener Waffe zu beugen. – Das ergrimmte das Schwert und es begann also zu sprechen:

»Wer bist du wohl, nichtswürdig Ding, daß du nicht gleich den andern vor meinem Glanz dich beugst und ihn bewunderst? Sieh nur um dich! Alle Geräte stehen ehrfurchtsvoll in tiefes Dunkel gehüllt. Mich allein, mich hat die helle beglückende Sonne zu ihrem Liebling erkoren; sie belebt mich mit ihrem wonnigen Flammenkusse, und ich lohne ihrs, indem ich ihr Licht tausendfach wiederstrahle. Mächtigen Fürsten nur ziemt es, in leuchtendem Gewande daherzuschreiten. Die Sonne kennt meine Macht, darum legt sie mir den königlichen Purpur ihrer Strahlen um die Schultern.«

Lächelnd erwiderte drauf die besonnene Feder:

»Sieh doch, wie eitel und stolz du bist und wie du dich brüstest mit dem erborgten Glanze! Sind wir doch beide – besinne dich – ganz nahe Verwandte. Beide hat uns die sorgende Erde geboren, beide sind wir im Urzustand vielleicht im selben Gebirge neben einander gestanden – Jahrtausende lang; bis der Menschen geschäftiger Fleiß die Ader des nützlichen Erzes, deren Bestandteile wir waren, entdeckte. Beide nahm man uns weg; beide sollten wir, ungefüge Kinder der rauhen Natur noch, ober der Hitze der dampfenden Esse, unter des Hammers mächtigen Schlägen zu nützlichen Gliedern des irdischen Treibens umgeschaffen werden. Und so auch geschah es. Du wurdest ein Schwert – bekamst eine große und feste Spitze; ich, eine Feder, wurde mit einer dünnen, zierlichen bedacht. Sollen wir wirklich schaffen und wirken, müssen wir uns erst die glänzende Spitze benetzen. Du – mit dem Blute, ich – nur mit – Tinte!«

»Diese Rede, in gelehrtem Stile gehalten«, fiel nun das Schwert ein, »macht mich lachen fürwahr. Ist es doch grade, als wollte die Maus, das kleine nichtige Tierchen, ihre nahe Verwandtschaft mit dem Elefanten beweisen. Die spräche dann so wie du! Denn auch sie hat gleich dem Elefanten vier Beine und hat sich sogar eines Rüssels zu rühmen. So könnte man glauben, sie seien zum wenigsten Vettern! Du hast, liebe Feder, sehr schlau und berechnend jetzt *das* nur genannt, worin ich dir *gleiche*. Ich aber will dir erzählen, was uns unterscheidet. Ich, das glänzende, stolze Schwert werde um die Hüfte geschnallt von einem kühnen edlen Ritter; dich aber, dich steckt ein altes Schreiberlein hinter sein langes Eselsohr. Mich erfaßt mein Herr mit kräftiger Hand und trägt mich in die Reihen der Feinde; *ich* führe ihn hindurch. Dich, beste Feder, führt dein Magister mit zitternder Hand über vergilbtes Pergament. Ich wüte furchtbar unter den Feinden, springe mutig, tollkühn bald her, bald hin; du kratzest in ewiger Monotonie über dein Pergament hin und wagst dich nicht ein Stückchen aus jenen Bahnen, die dir die führende Hand vorsichtig weist. Und endlich, endlich – geht meine Kraft zu Ende, werde ich alt und schwach, dann ehrt man mich, wie es Helden geziemt, stellt mich im Ahnensaale zur Schau und bewundert mich. Was aber geschieht mit dir? Ist dein Herr mit dir unzufrieden, wirst du alt und beginnst du mit dicken Strichen über das Papier hinzukreuchen, packt er dich, entreißt dich dem Stiele, der dir Stütze war, und wirft dich weg, wenn er nicht Gnade übt und dich mit ein paar deiner Schwestern um wenige Kreuzer einem Trödler verkauft.«

»Du magst ja in mancher Beziehung«, versetzte die Feder sehr ernst, »so unrecht nicht haben. Daß man mich oft gering schätzt, ist ja wahr, ebenso wie, daß man mich, nachdem ich unbrauchbar geworden bin, sehr übel behandelt. Doch deswegen ist die Macht, die mir zu Gebote steht, solange ich arbeiten kann, keine geringe. Es kommt ja nur auf eine Wette an!«

»Du wolltest *mir* eine Wette anbieten?« lachte das übermütige Schwert.

»Wofern du wagst, dieselbe anzunehmen.«

»Und *ob* ich sie annehme«, versetzte das Schwert, das sich noch immer nicht vom Lachen erholen konnte.

»Was gilt die Wette?«

Die Feder aber setzte sich zurecht, nahm eine strenge Amtsmiene an und begann:

»Wir wollen wetten, daß ich imstande bin, dich zu hindern, deiner Arbeit, dem Kampfe, nachzugehen, wenn ich will!«

»Ho, ho, das klingt ja kühn.«

»Bist du's zufrieden?«

»Ich gehe darauf ein.«

»Nun wohl«, sagte die Feder, »laß uns sehen.«

Es waren wenige Minuten seit dem Abschlusse dieser Wette vergangen, als ein junger Mann in reichem Waffenkleide eintrat, das Schwert faßte und sich dasselbe anlegte. Hierauf betrachtete er wohlgefällig die blanke Klinge. Von draußen erschallte heller Trompetenruf, Trommelwirbel – es ging zur Schlacht. Eben wollte der junge Mann das Zimmer verlassen, als ein anderer, der eine hohe Stelle bekleiden mußte, wie man aus seinem reichen Schmucke ersah, eintrat. Der junge verneigte sich tief vor ihm. Der Würdenträger war indessen an den Tisch getreten, hatte die Feder erfaßt und eilends etwas hingeschrieben. *»Der Friedensvertrag ist schon unterzeichnet«*, sagte er lächelnd. Der Jüngere stellte sein Schwert wieder in die Ecke, und beide verließen das Zimmer.

Auf dem Tische aber lag die Feder. Der Sonnenstrahl spielte mit ihr, und ihr feuchtes Erz glitzerte hell.

»Ziehst du nicht zum Kampfe, mein liebes Schwert?« fragte sie lächelnd.

Das Schwert aber stand still in der finsteren Ecke. Ich glaube, es prahlte nie wieder.